KB142018

동자승의 하루

모든 순간이 행복해

동자승 이찬 지음

이지수 옮김

마음
서재

당신 안의 어린아이에게

부처님 말씀에 사람에게는 여덟 가지 괴로움이 있다고 했습니다. 생로병사의 괴로움, 미워하는 사람과 만나는 괴로움, 사랑하는 사람과 이별하는 괴로움, 얻고자 하는 것을 얻지 못하는 괴로움, 그리고 탐욕과 집착에 따른 괴로움입니다. 인생을 살면서 누구도 이러한 괴로움을 피해 갈 수 없습니다. 그러나 괴로움을 만났을 때, 어떤 태도로 대하느냐에 따라 충분히 달라질 수도 있습니다.

　어떤 이들은 세상이 지나치게 이익을 추구하고 경박함으로 가득 차 있다고 말합니다. 너도 나도 성공에 대해 떠들고 속도를 강조하니 삶을 누릴 수 있는 여유를 갖지 못합니다. 현대인들은 시간에 쫓기기라도 하듯 늘 바쁘게 뛰어다닙니다. 그리 뛰어다닌 만큼 수확이 많을 것 같지만, 막상 몸은 지치고 마음은 공허하기만 합니다.

　창밖의 꽃은 피었다가 지고, 밤하늘의 달은 차올랐다가 기울며, 사계절의 바람이 내 곁을 스쳐 지나가지만, 이것들을 제대로

느껴보지 못합니다. 오래전에 사둔 시집은 책장 한구석에서 먼지만 쌓여갑니다. 그러나 이 세상에는 분명 더러운 먼지를 털어내줄 무언가가 있다고 믿었습니다. 이것이 바로 '동자승 이찬'이 탄생하게 된 배경입니다.

이찬이라는 인물을 선택한 이유는 이찬이 어린아이와 스님이라는 두 가지 특징을 모두 가지고 있기 때문입니다. 어린아이들은 이 세상의 진짜 모습을 어른보다 더 잘 이해합니다. 아이들은 꽃이 피는 것을 보고 감탄할 줄 압니다. 하루 종일 쪼그려 앉아 개미가 집으로 돌아가는 모습을 관찰할 줄도 압니다.

어른들도 한때는 어린아이였습니다. 다만 나이를 먹어가면서 그런 일들을 잊어버렸을 뿐입니다. 세상의 규칙을 따르려면 한때 어린아이였다는 사실은 감춰야 할 비밀이 되어버립니다.

사람들은 스님이라 하면 속세와 거리가 먼 사람을 떠올립니다. 하지만 이 책에서 이찬의 사부는 지혜롭고 자비로우며 넓은 아량을 지니고 사람들의 괴로움을 들어줍니다. 그는 동자승과 함께 다니며 사람들을 만나고 세상을 탐구합니다. 이것이 바로 수행이 아닐까요.

우리의 인생은 수행의 과정입니다. 자신을 살피고, 세상을 살피며, 사람들을 살피는 과정 말입니다. 이 세상에는 우리의 머리로 이해할 수 없는 일이 많습니다.

바람은 어디에서 불어올까?

사람은 어디에서 와서 어디로 가는 걸까?

내가 이 세상에 살았다는 흔적을 어떻게 남길 수 있을까?

눈꽃에 겨울의 비밀이 숨겨져 있지 않을까?

사랑하는 마음을 어떻게 표현하면 좋을까?

그것이 진짜 사랑이긴 할까?

여러분은 이 책을 통해 이찬과 함께 다니며 사람들을 만나고, 생명의 경이로움에 대해 이야기하고, 인생의 괴로움과 즐거움에 대해서도 나누게 될 것입니다.

우리는 당신이 배를 정박하고 잠시 쉬어갈 수 있는 항구가 되고 싶습니다. 그래서 떠들썩한 세상 속에서 고요함을 찾고, 냉정함 속에서 온화한 마음을 찾기 바랍니다. 영혼의 안식처를 만나고 어지러운 인생사에서 지혜를 찾을 수 있기 바랍니다. 부디 이 책을 진심으로 좋아하고, 이 책 역시 당신에게 무한한 선의로 보답하기를 바랍니다.

당신의 가장 아름다운 시절에 서두르지 말고 당신의 순수한 영혼을 마음껏 끌어안을 수 있기를.

이
찬

호기심 넘치는 천진난만한 동자승.
사부님 가시는 곳마다 따라다니며
순수한 눈으로 세상을 탐색한다.
동물은 물론이고 나무와 꽃,
세상 무엇과도 친구가 되고 싶어 한다.
딱 하나, 도깨비만 빼고.

사부

속세의 일에 초연한 노스님.

지혜롭고 자비로우며 넓은 아량을 지녔다.

언제 어디서든 사람들의 괴로움에 귀를 기울이고

그들이 스스로 근심을 떨칠 수 있도록 지혜를 열어준다.

차
례

1화

입맞춤

사부님, 사부님,
저기 저 사람들…

어?

사부님,
저 사람들은 왜 서로
입술을 깨물어요?

할 말이
아주 많은가 보구나…

상대의 입 속으로
흘러가게 된단다.

백 마디 말이 필요 없지.

아, 그런 거구나…

많이 도와드릴게요.

쪽!

아직도 안 자고
뭐하는 거냐?

또 늦잠을 자려고!

헤 헤~

드르렁~

푸우~

사부님은 밤마다 코를 골고 이를 가시지만,

또 심부름을 시키고 경전을 읽으라 하시지만

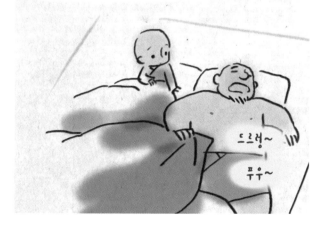

드르렁~

푸우~

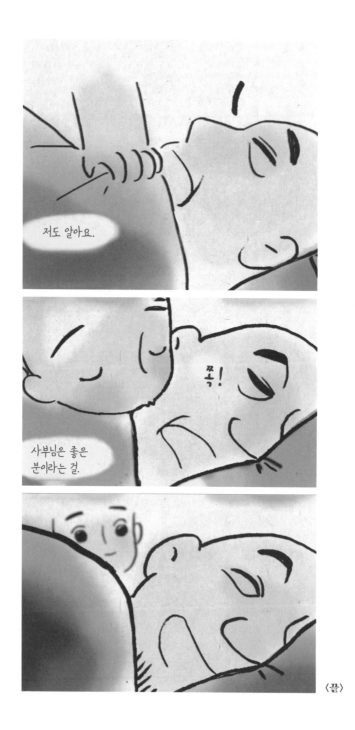

〈끝〉

2화

강아지

사부님!

사부님!

소소 누나가
강아지를 선물로 줬어요!

이찬아,

강아지를 키우려면 먹이고 씻기고,

때가 되면 짝을 찾아주고,

죽을 때까지 보살펴야 한단다.

책임질 수 있겠니?

그럼요!

멍! 멍!

강아지야, 왜 그래?

배가 고프니 네가 좋아하는

빵을 몇 개 달라는구나.

저 소리를
알아들으세요?

대단하세요!

음!

또 뭐라고 하나요?

음…

아미타불!

지금은
눈앞에 귀여운 강아지만 보이지.
하지만 곧 똥도 싸고 나중엔…

하하…

이리 와!

엉! 엉!

…

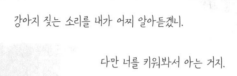

강아지 짖는 소리를 내가 어찌 알아듣겠니.

다만 너를 키워봐서 아는 거지.

〈끝〉

3화

늑대

...

이찬아

여기서 뭘 하는 거냐?

강아지가 돼지코빵을 먹고 있어요.

크르릉

!!

한 달 뒤

이찬아!

찐빵을 다 샀으면 어서 가렴.
사부님이 걱정하시겠다.

알았어요,
아줌마!

깍!

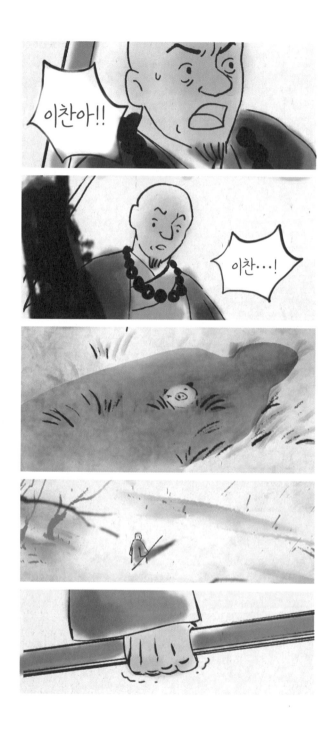

하하하~

간지러워, 그만해.

하하하~

하하하~!

선한 사람은

어디서든 환대받는 법이지.

〈끝〉

4화

도깨비

마을 사람들에 따르면,
외딴 고택이 '도깨비집'이라고 한다.

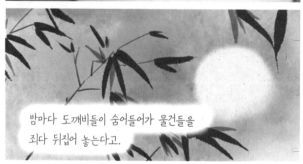

밤마다 도깨비들이 숨어들어가 물건들을
죄다 뒤집어 놓는다고.

사부와 이찬은 '도깨비집'에 들어가 밤새
지켜보기로 했다.

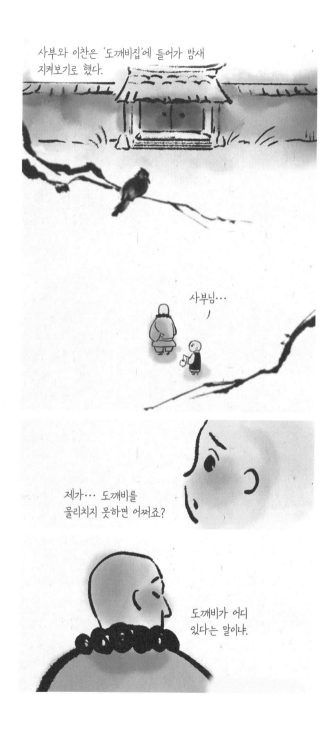

사부님…

제가… 도깨비를
물리치지 못하면 어쩌죠?

도깨비가 어디
있다는 말이냐.

다 사람들이 지어낸 얘기다.

어서 가자.

사부님…
그래도 전 무서워요…

도깨비 같은 건 없다 했잖냐.
중생을 제도해야 하는 자가
간이 작아서야 쓰겠니.

만약에...

독경이나 하거라!

사부님...

쉬이이익

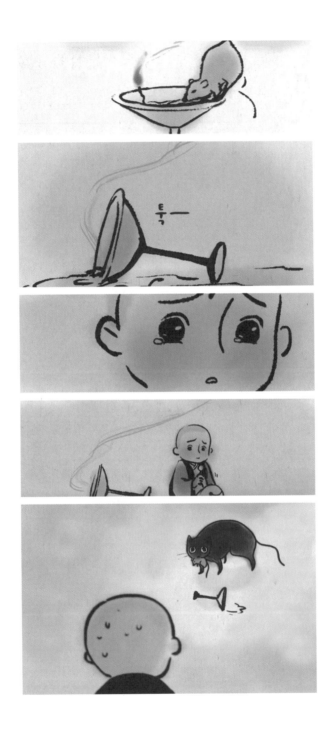

야옹아!

넌 도깨비가 무섭지 않니?

네가 안 무서우면
나도 무섭지 않아.

정말 무섭지 않아.

사부님이 도깨비는
없다고 하셨거든.

너희를 구제하려고 그리 노력했건만…

3년이 지나도록 환생하지 못하고
못된 짓만 하고 다니는구나!

어린 동자승을
겁줘서 뭐하려고?

저희는…

그냥 같이 놀고
싶었다구요

〈끝〉

산 아래
한적한 마을

해가 지면 가게들은
일찍 문을 닫고, 사람들은
서둘러 불을 끄고 쉬러 들어간다.

사부와 이찬은 종종 밖에서 일을 보고,
밤늦게 마을을 지나 절로 돌아갈 때가 있다.

그땐 사방이 캄캄한데

오직 정 씨네 집 앞만큼은
항상 환하다.

대문 앞에 매일 등불이
켜져 있기 때문이다.

사부님,
아저씨는 왜
지금까지 불을 켜놓는 걸까요?

정 씨에겐 아들이 하나 있다.
열네 살 때 아버지 대신
변방으로 출정했지.
벌써 10년 전이야.

아들이 떠난 뒤로
정 씨는 매일 집 앞에 등불을 걸어둔단다.

혹시나 아들이 집을 못 찾아올까 봐.

아니면 아들이 돌아왔을 때

아들의 얼굴을 올라볼까 봐

그러는지도 모르지.

변방에 간 아들한테선
그동안 소식이 없었나요?

없었다는구나.

아, 그럼...

정 씨가 앞으로 몇 년을 더 기다려야 할지 모르겠구나.

부모의 마음이 그렇단다.

자식이 아무리 멀리 있든

노심초사하며 이제나 저제나
돌아오기만을 간절히 기다리지.

〈끝〉

오늘 밤
당신의 집에도 당신을 기다리는 등불이
환하게 밝혀져 있지 않을까요?

6화

꽃이 좋아

어느 날,
이찬이 사부와 꽃밭을 지나가고 있었다.

꽃이 정말 예쁘네요!

이 꽃을 제 머리에
꽂으면 참 예쁘겠죠?

한 송이만
꺾어도 될까요?

아니,
안 돼!

꽃이 아름답습니다.
보고 있으니 마음이 편안해지네요.

안 팔아!
안 판다고!

아니,
한 송이만 팔면 어때서?

그러게.

할아버지, 다들 꽃을 원하는데
왜 안 파시는 거예요?

사람들이 원하는 건 꽃이 아니란다.

사람들은⋯

꽃이 주는 즐거움을

좋아할 뿐이지

정작 꽃을 소중히
여길 줄 모른다.

예쁜 꽃아.

너의 가장 아름다운 모습을

널 진심으로 아끼는 사람한테만 보여줘.

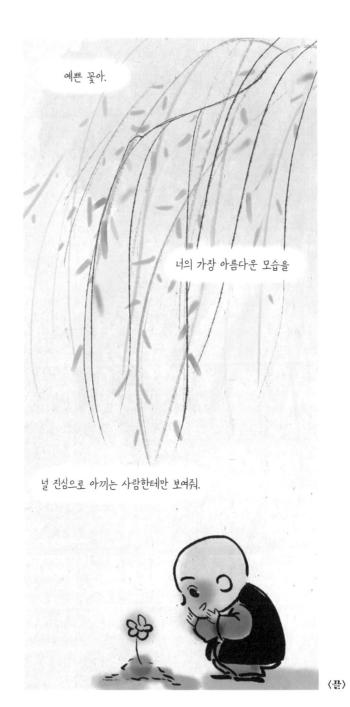

〈끝〉

7화

내 친구가 되어줘

마당에서만 놀면

밖에서
노는 건 아닐 거야.

와~

새해라니 신난다!

사부님께서
폭죽을 잔뜩 사오시겠지!

나는…

무서워하지 마.
난 널 해치지 않아.

누군데?

난 연수(年獸)*라고 해.
새해가 되면 사람들이 폭죽을 터트리잖아.

* 중국 전설에 나오는 포악한 짐승. 음력 1월 1일이면 마을에 나타나 사람과 가축을 잡아먹는 다고 한다. 이 짐승을 쫓기 위해 새해가 되면 붉은 폭죽을 터뜨리는 풍습이 있다. —옮긴이

그게 무서워서 숨어 있어.

그럼…
그럼 넌 새해 괴물을
어떻게 쫓아내?

새해?

내가 바로 그 짐승이야.

사람들이 왜 널 싫어할까?

처음엔 내가 무서워서 그랬겠지.

나중엔
그냥 재미로 하더라구.

사람들을 즐겁게 하는 게

어쩌다 내 일이 돼버렸어.

사부님이
그러셨는데,

아마 너도 그들과 마찬가지일 거야.

사실 우린 널 아주 많이 좋아해.

정말?!

연수야~

오늘은 폭죽을 터트리지 않을게.

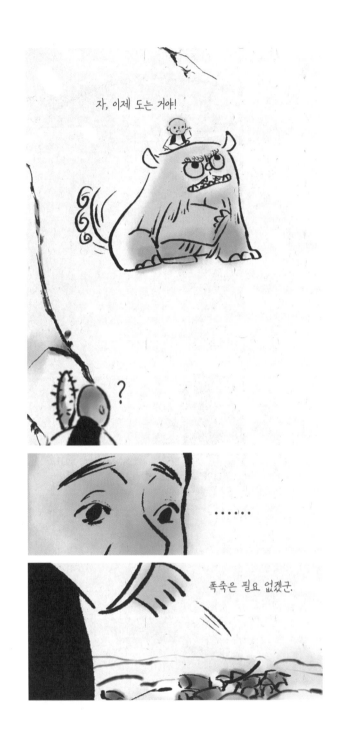

두 사람은 매일
너무 산만해요.

오라버니!

빨래할 옷이 있으면
저 주세요.

오라버니라니!
난 출가 수행자다.

아이참!

왜 소리를 지르고 그래요?

자, 제가
기워놓은 옷이나 입어봐요.

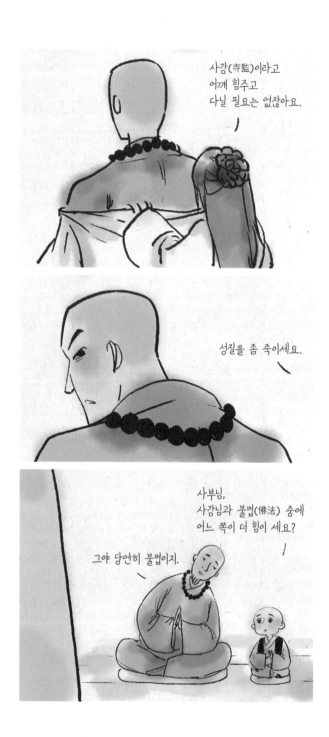

9화

월담

곧
수업 시작할 건데…

내가 살게요!

와!

나를 또
속이다니!

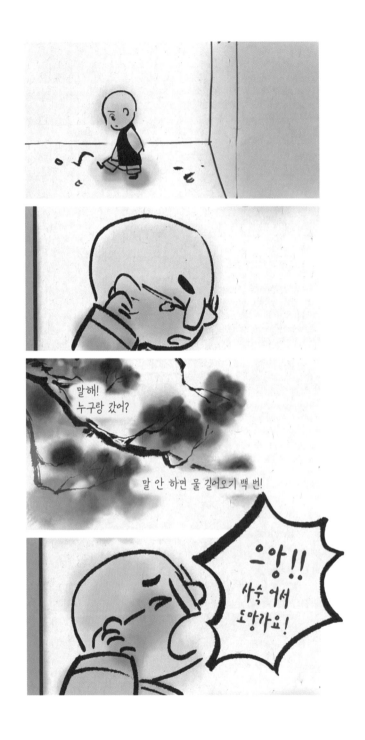

의리는 있군!

됐다! 다음엔 안 봐준다.
어서 수업 들어가거라.

〈끝〉

10화

구슬

이찬 스님!

뭐하고 있어요?

마당···
쓸지.

마당 쓸기는
재미없는데…

그… 그렇지.

· · · · · ·

혹시 구슬 있어요?

응?

구슬?

사부님, 사부님!

구슬 있으세요?

절에 구슬 따윈 없다.
그런 건 속세에나 있지.

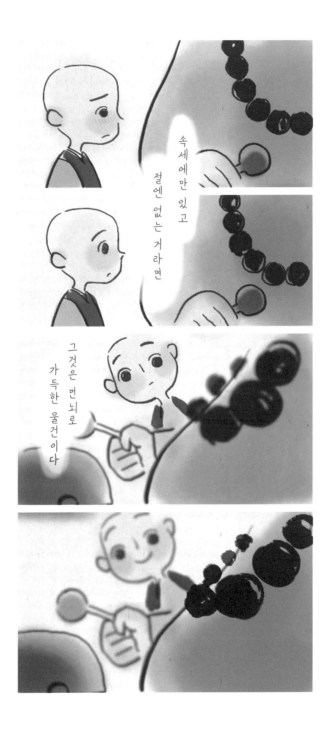

속세에만 있고

절엔 없는 거라면

그것은 번뇌로

가득한 물건이다

〈끝〉

11화

사탕

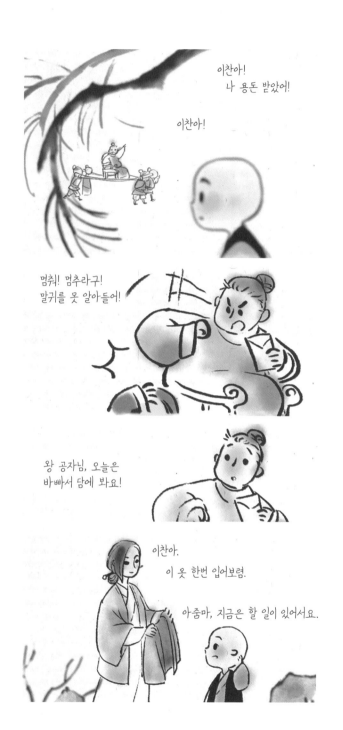

이찬아!
나 용돈 받았어!

이찬아!

멈춰! 멈추라구!
말귀를 못 알아들어!

왕 공자님, 오늘은
바빠서 담에 봐요!

이찬아.

이 옷 한번 입어보렴.

아줌마, 지금은 할 일이 있어서요.

이따가 저녁에 입어볼게요.

이찬아, 나비연을 사왔는데 같이
날려보지 않을래?

〈끝〉

12화

부부

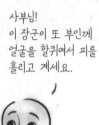

사부님!
이 장군이 또 부인께
얼굴을 할퀴여서 피를
흘리고 계세요.

부인의 날카롭고 민첩한 손톱을
따라갈 여인이 없지.

그런데 이번엔
장군도 엄청
화나신 것 같아요.

군사를 200명이나 몰고 와서는

부인과 담판을 지으려 했죠!

그래?
그래서 어떻게 됐니?

부인이 닭털로 만든
먼지떨이를 흔들며 물었죠.

뭐 하자는 거죠?

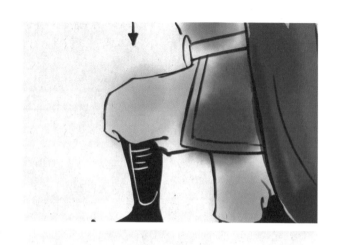

부인, 사열을 하시오.

하하하하!
나서야 할 때와 물러서야 할 때를
정확히 아는 걸 보니
이 장군은 역시 인재로다!

장군은 무예의 고수시고
수많은 적군을 물리쳤는데,
왜 부인 앞에선
꼼짝을 못하는 거죠?

그건 말이다…
부인에게 져주는 게
장군의 기쁨인 것 같구나.

그게 무슨 말이에요?

천하의 장군도
어쩔 수 없는
상대가 있는 거지.

말로 설명하긴 어렵구나.

어떤 사람들은

누군가를 처음 보는 순간

확신한다.

평생 그 사람에게 져주게 될 거란 걸.

그런데 여보··· 사실 저는
나뭇가지에 걸린 연을 보고 있었어요.

〈끝〉

13화

사랑한다면

사랑한다고 문제가 다 해결된다면
왜 눈물을 훔치고 있겠니.

무슨 뜻인지…

류 낭자는 꽃을 좋아한단다.

여기 좀 보세요.
꽃이 정말 예쁘지 않나요?

그런데
왕 공자는…

꽃이 예쁘면
돈을 주고 사지 그러오.

꼭 그런 것만은 아니란다.

대낮부터 누가 이렇게
시끄럽게 하는 거야!

정신 사납…

게…

누군가를 사랑한다는 건 간단한
거란다.

당신이 꽃을 좋아하는 것 같아서

14화

장인과 사위

어느 날,
이 장군이 잔뜩 풀이 죽어
스님을 찾아왔다.

스님, 부인이 내일 장인어른 모시고
낚시를 다녀오라 합니다.

날씨도 좋고
장인과 함께하니
좋으시겠소.

휴…
그런 말씀 마십시오.

장인어른은 저를 늘
못마땅해 하십니다.

십몇 년 전…

소년 이 장군

우리 집안이 비록
고관대작을 배출하진 못했어도

대대로 학식 있는 집안일세.

그런데 자넨!
종일 칼이나
휘두르고
공부는 대체
언제 할 텐가?

자네에게 어찌 내 딸을 맡겨!

십몇 년이 흘러
장군이 전쟁에서 승리하고 돌아오자···

큰 난리 뒤에는
반드시 흉년이 오는 법!

전쟁으로 얼마나 많은
백성들이 고통 받는 줄 아느냐.

수양을 게을리하고 싸움만 한다면
군사들의 목숨을 대가로 한
공적밖에 더 되겠느냐.

내 딸이 자네 곁에서 행복할 리 없네!

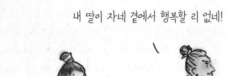

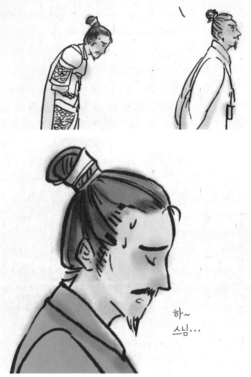

하~
스님…

이틀만 여기 숨어 있게 해주십시오.

부인을 아낀다구요.

그럼 두려울 게
없잖습니까?

지금처럼 부인을 아낀다면
언젠가 장인도
딸이 남편을 잘 만났다고 생각할 겁니다.

사위를 대하는 태도도 달라지시겠지요.

언젠가…

다음 날

자네랑 낚시를 온 건
그 애가 부탁해서야.

자네가…

그동안 그 애한테
얼마나 잘했는지 알아.

저녁에 나랑 한잔하지.

아! 집사람이 술 마시지
말라고 했는데…

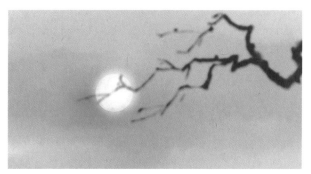

이 서방…

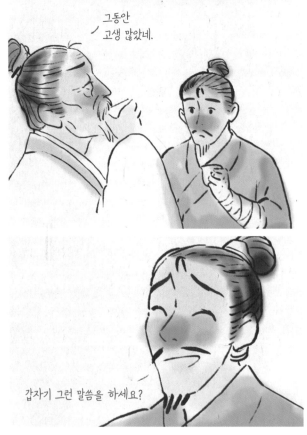

세상의 모든 딸들이
집 안에서는 천금같이 귀하고,
밖에 나가서는 보석처럼 빛나기를.

15화

인생의 마지막 날

어느 날,
이찬과 사부가 이 장군댁에 초대를 받아 갔다.

장군~!

장군!

네가 말을 훔쳤느냐?

그… 그리합니다. 장군댁인 줄
모르고 죽을죄를 지었습니다.
부디 한 번만 너그러이…

네 이놈!
군마(軍馬)를 훔치면
목을 치는 걸 모르느냐?

살려주십시오!
소인은 정말 몰랐습니다.
소인에겐 팔순 노모가 있습니다.
제발 살려주십시오…

장군,
진심으로 뉘우치는 것 같은데
그만 풀어주는 게 어떻겠습니까?

안 됩니다!

오늘은 내 기분이 좋다.

죽을 때가 된 지금도
사실…
무슨 일을 해야 할지
모르겠습니다.

다만 저는…

어머니께 따뜻한 밥 한 끼
지어 올리고 싶을 뿐입니다.

저는 그동안 어머니 속만 썩인 불효자입니다.

그리고 또?

정인에게 미안하단 말을 하고 싶습니다.

그녀에게 비녀를 선물하겠다고
약속했는데 아무래도
지키지 못할 것 같습니다.

그것이 전부냐?

그리고 도둑질 대신
기술을 배우고 싶습니다.
마을에 열쇠 장인이 계시는데…

하아…
이미 늦었네요.
죽어 마땅한 처지에
장군을 귀찮게 해드릴
순 없습니다.

죽는 마당에…

장군…

말을 훔치려다
잡혔으니 죽을죄는
아니겠지요?

장군…

스님들 계시는
자리에서 사람을
죽이는 건 예의가 아니지.
그만 가보거라.

살려주셔서 감사합니다!
소인, 장군댁의 소와 말처럼 일하겠습니다.
이 은혜는 꼭 갚겠습니다.

173

소와 말이라고?

흠!
우리 집에 소와 말은 많아.
자네까진 필요 없네!

사내대장부가
노모에게
밥 한 끼 올리고,

정인에게 비녀를 선물하고,
기술을 배워
사람답게 사는 일을
왜 죽기 직전에서야
하려는 것이냐?

176

그렇지,
그렇지.

노승은 불법으로 중생을 구제하고
장군은 칼로써 중생을 구제하십니다.
방법은 달라도 결과는 같으니
참으로 훌륭하십니다.

과찬이십니다.

어찌 그리 소란한가요?

아무것도 아닌 일로
부인의 휴식을 방해했구려.
내가 잘못했소.

당신, 방금
꽤 멋졌어요.

이렇게 당신을 바라보고 있겠소.

<끝>

만약 당신에게 남은 시간이 하루밖에 없다면,

무엇을 하시겠습니까?

16화

평등

거지는 돈이 없어 굶고 있는데
그들도 평등한 건가요?

그렇다.

이보게!
시장으로 가는 길이 어느 쪽인가?

어르신,
좀 전엔 실례했습니다.

저희가 시장에
가려고 하는데 길을
좀 알려주시겠습니까?

흠!

부자든 가난한 사람이든

똑같이 귀하다는 것이 평등이다.

〈끝〉

17화

고
백

어느 날,
이찬과 사부가 비를 피해 찻집에서 잠시 쉬고 있었다.

저기!
곽 부장이잖아!

정말이네.

오늘 큰 싸움에서 승리하고 돌아와 고백하오!

......

마음을 표현하는 데는

아무런 계획도 준비도
필요 없단다.

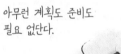

성문 앞에 다다랐을 때

저랑
같이 써요.

그 문 안으로 들어가는 것이다.

〈끝〉

당신에게 찾아온 모든 감정이
당신의 인연에 꼭 맞는 것이기를 바랍니다.

18화

인연

평아야,
넌 밖에서 기다리거라.

네,
도련님.

스님…

5년 전부터 한 여인을
흠모해 왔습니다.

그런데 그 여인이
다른 사람과 혼인을 한답니다.

전 이제 어떡합니까?

옛날,
한 남자가 길에서 어떤
여인을 보고 첫눈에 반했는데…

그 후로 다시 만날 수 없자
부처님을 찾아갔습니다.

부처님이 그에게 물었지요.

그 여인을 다시
만나고 싶은가?

네!

잠깐이라도 좋습니다.

네가 500년을 수행해서 여인을
단 한 번 볼 수 있다 해도
후회하지 않겠느냐?

후회하지 않을 겁니다.

남자는 다리 위의 난간이 되어
오랜 세월 비바람을 맞으며
한자리에 서 있었습니다.

그렇게 499년이 되던 해, 드디어

그 여인이 다리를 지나갔지요.

그 여인을 만나려면
다시 500년을 수행해야 한다.
후회하지 않겠느냐?

후회하지 않습니다.

남자는 다시 길가의 버드나무가 되어

오랜 세월 비바람을 맞으며 기다렸습니다.

499년이 되던 해, 마침내 그 여인이
길을 가다 버드나무에
기대어 잠시 잠을 청했답니다.

아직도 그 여인을
만나고 싶으냐?

그렇다면 수행을
계속해야 한다.

아닙니다.

그렇다.

저도 할 수 있습니다
......

......
하지만 그러지 않겠습니다.

스님, 잘 알겠습니다.
좋은 가르침 감사합니다.

사부님,
왜 그분은 오랜 세월 수행하고
그런 선택을 했을까요?

아직 얘기가 끝난 게 아니란다.

그렇다면 알겠다.

대신, 천 년을 기다리지
않아도 만날 수 있는 여인이 있다.

그 여인은 너를 만나려고

2천 년을 수행했다.

〈끝〉

19화

지
존
보

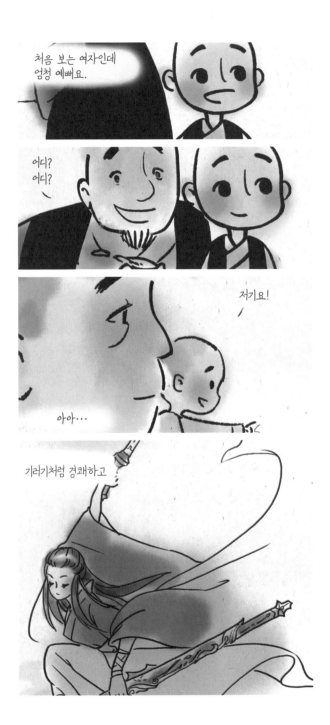

처음 보는 여자인데
엄청 예뻐요.

어디?
어디?

저기요!

아아…

기러기처럼 경쾌하고

하하…

못 만나면 그만이지.

있는 모습 그대로를
사랑하지 못하면

누군가를 좋아할
자격이 없는 거란다.

바람은 스스로 불어오는 법.

그녀의 영웅이 어디선가 걸어오고
있는지도 모른단다.

다만 멀리서
조금 천천히 오는 건지도…

그 영웅이 혹시
지존보*인가요?

하하하…
그럴지도 모르지.

* 손오공의 환생으로 소설 《서유기》를 모티브로 한 영화에 주인공으로 등장한다. —옮긴이

내가 와선
안 되는 곳인가 보군요.

그걸 이제 알았다니,
너무 늦었소.

좋은 기억만
남기고 싶어요.

기억을 남기고 싶진 않소, 당신을 남기고 싶지.

우린 이뤄질 수 없어요. 길을 비켜주세요.

좋소. 하지만 가기 전에 내게 입 맞추고 가야 하오.

나도 협객이에요. 당신이 입 맞추라고 해서 정말 입을 맞춘다면

• 일부 줄거리는 영화 〈대화서유(大話西遊)〉에서 발췌함.

〈끝〉

당신의 가장 아름다운 시절에 서두르지
말고 당신의 순수한 영혼을
마음껏 끌어안을 수 있기를.

동자승의 하루

2019년 3월 5일 초판 1쇄 발행

지은이 · 동자승 이찬
옮긴이 · 이지수

펴낸이 · 김상현, 최세현
편집인 · 정법안
책임편집 · 손현미 | 디자인 · 최우영

마케팅 · 심규완, 김명래, 권금숙, 양봉호, 임지윤, 최의범, 조히라, 유미정
경영지원 · 김현우, 강신우 | 해외기획 · 우정민
펴낸곳 · 마음서재 | 출판신고 · 2006년 9월 25일 제406 - 2006 - 000210호
주소 · 경기도 파주시 회동길 174 파주출판도시
전화 · 031 - 960 - 4800 | 팩스 · 031 - 960 - 4806 | 이메일 · info@smpk.kr

ⓒ 동자승 이찬(저작권자와 맺은 특약에 따라 검인을 생략합니다)
ISBN 978 - 89 - 6570 - 755 - 4 (03820)

쌤앤파커스(Sam&Parkers)는 독자 여러분의 책에 관한 아이디어와 원고 투고를 설레는 마음으로 기다리고 있습니다. 책으로 엮기를 원하는 아이디어가 있으신 분은 이메일 book@smpk.kr로 간단한 개요와 취지, 연락처 등을 보내주세요. 머뭇거리지 말고 문을 두드리세요. 길이 열립니다.